DONDE VIVEN LOS MONSTRUOS

Altea

Título original: *Where the Wild Things Are: The Movie Storybook*
© 2009, Warner Bros. Entertainment, Inc.
Adaptación de Barb Bersche y Michelle Quint
Todos los derechos reservados

© De la traducción: 2009, Julio Hermoso Oliveras
© De esta edición: 2009, Santillana Ediciones Generales, S. L.
Torrelaguna, 60. 28043 Madrid
Teléfono: 91 744 90 60

ISBN: 978-84-372-2483-1
Printed in China - Impreso en China

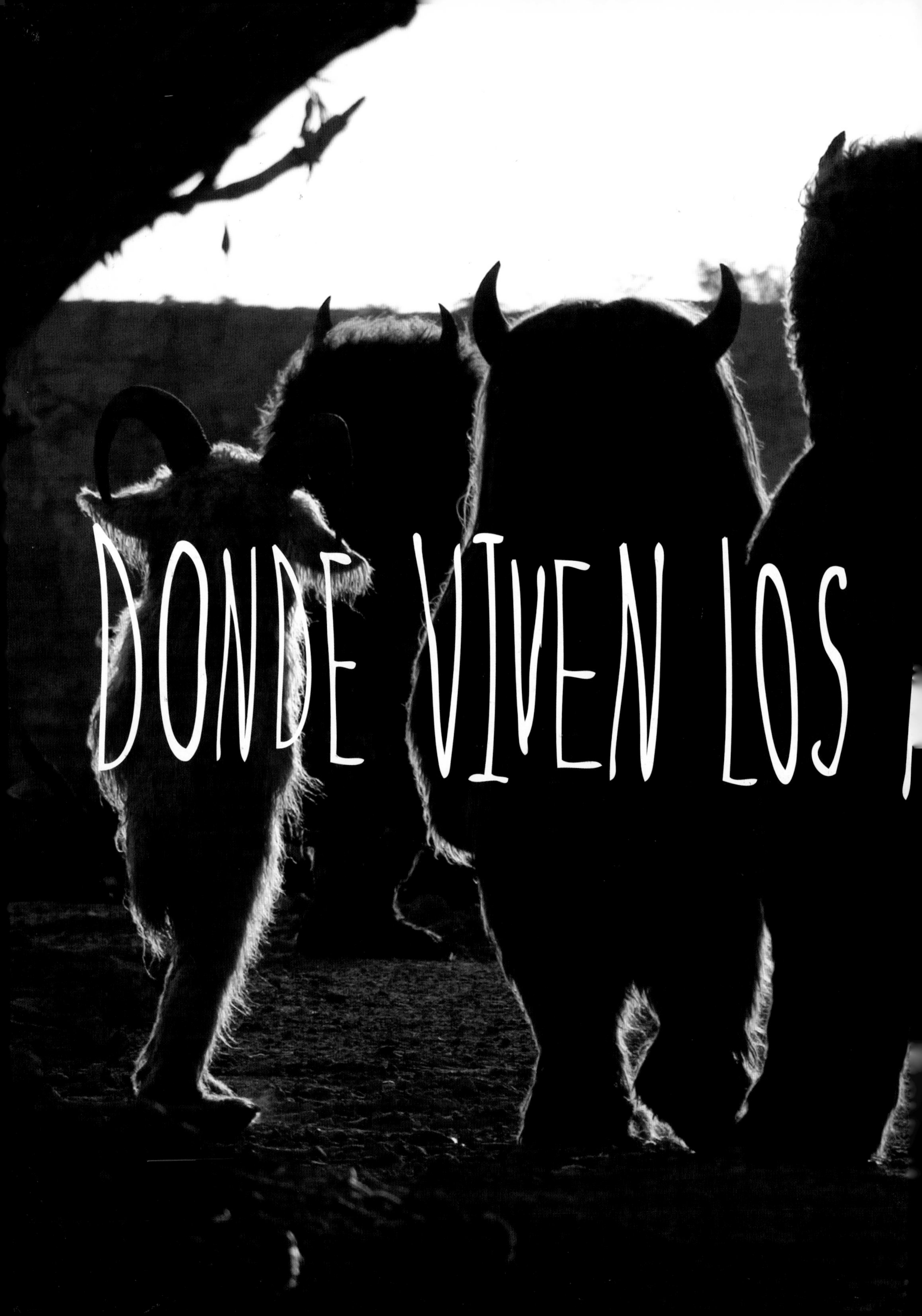
DONDE VIVEN LOS

NSTRUOS

Basado en el guión de
Spike Jonze y Dave Eggers

Basado en el libro de
Maurice Sendak

Había nevado durante la noche y, al día siguiente,
Max construyó el mejor iglú del mundo. Lleno de
orgullo, deseaba que su hermana Claire lo viese.
Al fin y al cabo lo había hecho él y era una obra
maestra. Pero ella se encontraba demasiado
ocupada para molestarse por su hermano pequeño.

Max se sintió a salvo en su iglú y se dedicó
a hacer bolas de nieve, una tras otra. Estaría
preparado cuando llegasen los amigos de Claire.

Por fin, un coche se detuvo en la entrada y de él salieron los amigos de Claire.

Emocionado por la espera, Max lanzó la primera bola de nieve y los cazó desprevenidos. Pero recibió como respuesta una veloz ráfaga de bolas de nieve y no pudo controlar el ataque. Max se metió en su iglú para protegerse, aunque los amigos de Claire no se detuvieron. Un brazo atravesó la pared en busca de Max. Saltaron sobre el techo, machacaron el espléndido iglú y enterraron a Max en la nieve.

Entró corriendo en la casa, avergonzado y molesto con Claire por no haber hecho nada para ayudarlo. Se dirigió a la habitación de su hermana y rompió la tarjeta de San Valentín que él le había hecho el año anterior. ¡Aquello le serviría de escarmiento! Sin embargo, en lugar de sentirse mejor, después de hacerlo se sintió todavía peor.

Cuando la madre de Max llegó a casa, él le contó lo que había pasado con Claire y sus amigos, y luego le mostró el desastre que había causado en la habitación de su hermana. Su madre entendió por qué se había enfadado, pero él veía en su cara que aún estaba preocupada.

Más tarde aquella noche, Max se acercó de puntillas hasta la habitación donde su madre se encontraba trabajando. Deseaba ver si todavía estaba enfadada por lo ocurrido con Claire.

—Quiero oír un cuento —dijo ella.

Se trataba de un juego al que a veces jugaban juntos: Max pensaba en una historia y ella la escribía con él.

—Había unos edificios... unos edificios muy, muy altos... y podían caminar... y también había unos vampiros... —comenzó Max. Cuando se terminó el cuento, su madre sonreía, y Max supo que todo iba bien.

Max solía estar distraído en el colegio, soñaba despierto, pero no aquel día. Estaba preocupado porque su profesor había dicho que el Sistema Solar se oscurecería para siempre.

Cuando llegó a casa, construyó con mantas un fuerte espectacular.

—¡Mamá, mamá, ven corriendo! —gritó Max entusiasmado.

—Estoy ocupada —contestó ella.

rimero, su hermana hacía
caso omiso de su iglú, y ahora
era su madre quien lo hacía
con su fuerte. Max, descontento,
echó un vistazo a su cuarto en
busca de algo divertido que
hacer.

¡Ajá! Su traje de lobo.
Lo descolgó de detrás de la
puerta y se lo puso. Entró
pavoneándose en la cocina;
se sentía fuerte y seguro de
sí mismo.

Pero su madre seguía sin prestarle atención.
Estaba ocupada preparando la cena. Max empezó a
enfadarse y no pudo evitar comportarse tal y como
se sentía: como un animal.

—Max, bájate de la mesa —dijo muy seria su madre.

Max le contestó con un gruñido y su madre lo
persiguió por el pasillo hasta que lo agarró. Antes de
ser capaz de contenerse, Max la mordió en el brazo.

—¡Ay! —gritó ella. Él no supo qué hacer, así que
se dio media vuelta y salió corriendo de la casa.

Max corrió y corrió en la oscura noche,
bajó por el camino y se adentró en el bosque.
Se sintió libre, como una bestia salvaje. Agarró
un palo, pataleó y aporreó un árbol. Aulló al cielo
y el viento aulló en respuesta. Vio las estrellas
reflejadas en el agua junto a sus pies y oyó el
sonido de una barca que golpeteaba contra
la orilla. No lo pensó dos veces: saltó a bordo
y el pequeño velero, lentamente, partió a la deriva.

Max navegó muchos días y muchas noches sin avistar tierra, hasta que, por fin, una extraña luz naranja apareció en la distancia. ¡Una isla!

Vio que la luz provenía de un fuego gigantesco y, aunque estaba agotado, consiguió arrastrar la barca y sacarla del agua. En busca de calor y comida, Max se aventuró en dirección a la hoguera.

Escondido tras los árboles, Max vio a seis enormes criaturas junto al fuego. Estaba confuso, pero también sentía una extraña emoción. Una de las criaturas empezó a dar saltos y a destruir unos armazones redondos que parecían nidos, mientras que el resto rugía, chillaba y discutía.

Sus cuerpos eran bestiales, tenían unas largas garras y unos colmillos extremadamente afilados. Eran monstruos, bestias alborotadoras, y Max se moría de ganas de participar en su diversión.

—¡Aaaaaah, grrrrrr! —apareció Max de entre la vegetación,
en el espacio abierto, y comenzó a imitar a la criatura que
se llamaba Carol, aporreando las paredes de una de aquellas
chozas circulares. A Carol le encantó, pero al resto no
le entusiasmó tanto que un niño desconocido golpeara
sus construcciones.

—Eh, ¿qué estás haciendo? —dijo la criatura llamada Douglas.

—Sólo quiero ayudar —dijo Max.

—¿Destrozando nuestras casas? —le preguntó Douglas.

Max se puso nervioso.

—¿Sabes lo que te digo? Que si tienes un problema, cómetelo —dijo Judith, que tenía un cuerno afilado en la punta de la nariz.

Las criaturas rodearon a Max, rechinaron los dientes y se relamieron, listas para devorarlo.

—¡Quieeeeetoooooos! —gritó Max.

—¿Por qué? —preguntaron las criaturas.

Max alzó los brazos y las miró fijamente, como si estuviese diciendo unas palabras mágicas. Para su sorpresa, funcionó.

—¡Nadie puede comerme! —dijo Max. Aunque como ellos no lo sabían, los perdonó a cambio de que no lo volvieran a intentar. Rápidamente se inventó una historia sobre cómo una vez derrotó a un grupo de vikingos que le atacaron en su fortaleza de hielo.

—¿Eres un rey? —le preguntó Carol, el más grande de los monstruos.

—Sí, lo soy —afirmó Max.

—Siento mucho que hayamos intentado comerte —dijo una criatura llamada Ira—. No nos habíamos dado cuenta de que eras rey.

Carol colocó una corona sobre la cabeza de Max.

—Tenemos rey —afirmó—. Todo va a ser diferente.

Alzaron a Max y gritaron:

—¡Rey! ¡Rey! ¡Rey!

—¡Eh, rey! ¿Cuál será tu primera orden en el cargo? —dijo Carol.

Y Max respondió de inmediato:

—¡Que empiece la fiesta monstruo!

Los monstruos se pusieron a correr por el bosque,
compitieron por la atención de Max y obedecieron todas sus
órdenes. Chillaron, saltaron, bailaron y aullaron, y a Max
le encantó cada minuto que pasó. ¡Nunca podía hacer aquello
en casa!

Finalmente, agotados y felices por la fiesta,
todos cayeron dormidos en un gran montón.

Cuando despertó, Max se dio cuenta de que Carol lo llevaba en brazos. Trepó hasta su cabeza para poder ver desde lo alto. Atravesaban el denso bosque y las dunas de arena.

—Todo lo que ves es tuyo —le informó Carol—. Quiero que seas el rey para siempre.

Al principio, Max accedió, pero unos instantes después, pensó un poco más lo que significaba «para siempre».

—¿Sabías que el sol se va a morir? —le preguntó a Carol.

—Pero, ¿qué dices? Eso no puede ocurrir. ¡Tú eres el rey! Y mírame a mí. Soy grande. ¿Cómo pueden unos tipos como nosotros preocuparse por una pequeñez como el sol? —lo tranquilizó Carol.

Llegaron al taller secreto de Carol. Allí dentro, Max descubrió una ciudad en miniatura, con un río que la dividía. Se trataba de la maqueta de un mundo perfecto que Carol había construido.

—Ojalá yo pudiese vivir ahí —anheló Max.

—Sí, sería un lugar en el que sólo ocurrirían las cosas que deseases que ocurrieran —reconoció Carol, y miró con tristeza su bella creación.

Max se quedó pensativo un instante.

—¡Carol, podemos construir un lugar de verdad que sea como éste! —dijo Max.

Carol y Max regresaron para hablarle al resto de los monstruos del increíble fuerte que iban a construir.

—Va a ser tan alto como doce monstruos y seis niños como yo —gritó Max.

—¡Y sólo nosotros podremos entrar. Podemos tener un salón de helado y una piscina con un fondo que sea una cama elástica! —dijo Max.

Incluso Judith, por lo general la criatura más malhumorada, se emocionó con el proyecto.

El fuerte iba tomando forma, y todos los
monstruos trabajaban juntos en armonía.
Carol grabó en una viga la silueta de un corazón,
con una «M» de «Max» en el centro.

Max y las criaturas trabajaron en el fuerte día y noche. ¡Estaba quedando genial! Apilaron rocas bien alto para formar los muros y entrelazaron palos unos con otros. El fuerte era perfecto. Los monstruos se llevaban de maravilla, pero aun así, había algunos problemas ocasionales. Judith le contó a Max que pensaba que él tenía sus favoritos, y aquello lo preocupó de verdad pues él intentaba con todas sus fuerzas ser un buen rey.

espués de ver cómo Judith había preocupado a Max,
la criatura de nombre K.W. se lo llevó a buscar unos palos por
el desierto. K.W. siempre sabía cómo hacer que Max se sintiese
mejor, y le sugirió que hablase con dos buenos amigos suyos:
un par de búhos llamados Bob y Terry.

—En serio —le dijo ella—, son realmente listos. Poseen todas
las respuestas.

Max accedió a que K.W. se llevase los búhos al fuerte,
pero cuando llegaron, se dio cuenta de inmediato de que
había sido un error.

A Carol no le caían bien los búhos. Se volvió a Max y le dijo:

—Creía que habías dicho que si entraba aquí alguien
que no quisiésemos, el fuerte le quitaría los sesos de forma
automática.

Max comenzó a preocuparse. Como rey, era
su deber mantener la paz. Todo lo que deseaba
era que K.W. y Carol fuesen amigos. ¿Por qué
resultaba tan complicado? Tenía que pensar en
algo más para distraerlos, y rápido.

—¡Haremos una guerra! —declaró Max.

—Mmm —dijo Judith.

—Es la mejor manera de divertirnos todos juntos
—insistió Max, e hizo dos equipos: el de los buenos y
el de los malos. Pero antes de que pudiese exponer las
reglas, fue alcanzado por una bola gigante de mugre.

—¡Cuidado con los malos! —chilló Ira.

La guerra había comenzado. Por todas partes estallaban las nubes de polvo, pero muy pronto la diversión se convirtió en otra cosa. Douglas le dio demasiado fuerte a Alexander, Carol le tiró a Ira un mapache a la nariz y K.W. pisó la cabeza de Carol. De repente, todo el mundo estaba molesto y enfadado.

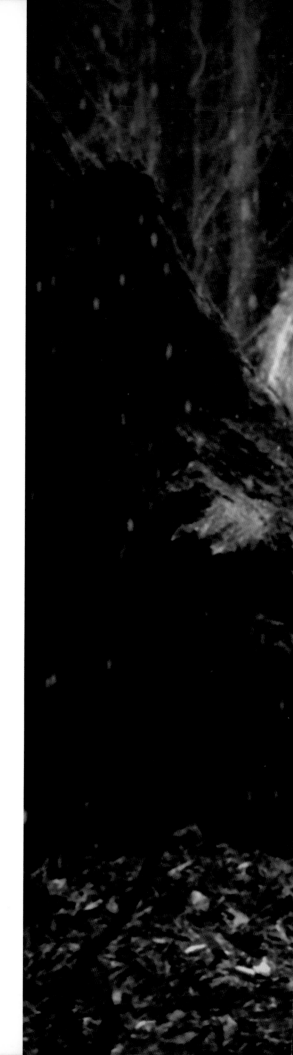

—Pero bueno, Rey. ¿Qué es lo que está pasando? ¿Es así como gobiernas tu reino? ¿Peleándose todo el mundo? Los malos se sienten mal, ¡todo el mundo se siente mal! —exclamó Judith.

Los monstruos se sentaron en torno al fuego y se dedicaron a refunfuñar por turnos contra Max. Por fin, Carol dijo:

—Él nos mantendrá unidos, tiene poderes, ¿verdad? Muéstranoslos.

Max se puso en pie mientras el grupo no dejaba de mirarlo y esperaba a que hiciese algo.

Él hizo lo único que se le ocurrió: su baile del robot.

Los monstruos, asombrados y desencantados, se marcharon. Max se quedó completamente solo y se puso a observar la oscuridad, sin saber qué hacer a continuación.

Aquella noche, Carol no lograba dormir.
Nada en su mundo era lo que parecía: Max
no se comportaba como un rey, en absoluto,
ni siquiera un poco. ¡Todo iba mal!
Comenzó a sentir pánico.

Carol no podía guardar sus sentimientos para sí y despertó a todo el mundo para anunciar que debían destruir el fuerte.

—¡Todo va mal! —gritó. Estaba convencido de que el sol se había muerto y de que el fuerte era un fracaso.

—Eres un rey horrible —le dijo Carol a Max.

—No es un rey —dijo Douglas.

Carol se quedó atónito. ¿Max ni siquiera era un rey?

—¡Te comeré! —rugió Carol, que empezó a perseguir a Max por los bosques.

Max corrió por el bosque tan rápido como pudo, pero Carol le pisaba los talones con sus feroces rugidos.

Desesperada por salvarlo, K.W. apartó a Max de su camino y se lo tragó entero para ocultarlo en su barriga, bien profundo, antes de que Carol lo viera.

—Yo sólo deseaba que estuviésemos todos unidos —le dijo Carol entristecido a K.W., sin saber que Max podía oírlo. Aunque Max tenía miedo de Carol, también se sentía muy mal por él.

—¿Le crees? —preguntó K.W. a Max una vez Carol
se hubo marchado.

Y así era, le creía. Le dijo a K.W. que Carol los
quería, que ellos eran su familia.

K.W. se quedó pensativa un instante.

—Claro —dijo—. No es fácil ser una familia.

Y conforme K.W. tiraba de él para sacarlo por
su garganta y él volvía a ver el cielo y la tierra,
Max se dio cuenta de que había llegado el momento
de abandonar la isla. Tenía que irse a casa. Tenía
que descubrir cómo podría ser un mejor miembro
de su propia familia.

Max regresó a su velero, en la playa. El resto de los monstruos se reunió con él allí, con caras largas y tristes, sin saber qué decir.

—Eres el primer rey al que no nos hemos comido —dijo Judith.

—Es cierto —añadió Alexander.

—¡Por favor, no te vayas! —le suplicó K.W.—. ¡Te comeré otra vez, te quiero tanto!

Max dio un abrazo de despedida a cada uno y subió a su barca. Cuando el velero se alejaba, Carol apareció en la playa con aspecto muy apenado. Se metió en el agua del océano.

—¡Auuuuuu! —aulló Max con cariño a su amigo Carol.

—¡Auuuuuu! —aulló Carol a Max en respuesta.

—¡Auuuuuu! —se unieron los demás monstruos, mientras Max se alejaba y desaparecía en la noche.

Max navegó decidido a hallar el camino a casa. Tras un largo rato, vio un bosque y las luces titilantes de la ciudad. ¡Qué cerca se encontraba!

Lanzó al mar el ancla del velero y corrió tanto como pudo, de vuelta a través del bosque y de las calles, sus calles. Los perros del vecindario le ladraron y él les ladró en respuesta.

Sabía que una parte de él adoraba ser un monstruo, pero también sabía que tenía que ser un niño, un niño que echaba muchísimo de menos a su madre y a su hermana.

Al llegar a la altura de su casa, Max sintió dudas.
¿Y si su madre aún estaba enfadada con él? Pero
cuando ella lo vio, lo sujetó y lo abrazó con fuerza.
Max se sentó a la mesa, donde lo esperaba su cena.
Por fin estaba en casa.